周瘦鹃自编精品集

爱的供状

周瘦鹃 著

广陵书社

图书在版编目（CIP）数据

爱的供状 / 周瘦鹃著. -- 扬州 ：广陵书社，
2019.1（2022.3重印）
（周瘦鹃自编精品集 / 陈武主编）
ISBN 978-7-5554-1140-6

Ⅰ．①爱… Ⅱ．①周… Ⅲ．①散文集－中国－当代
Ⅳ．①I267

中国版本图书馆CIP数据核字(2018)第288487号

书　　名	爱的供状		
著　　者	周瘦鹃	丛书主编	陈　武
责任编辑	胡　珍	特约编辑	罗路晗
出 版 人	曾学文	装帧设计	鸿儒文轩·书心瞬意

出版发行 广陵书社
　　　　　扬州市四望亭路 2-4 号　　　邮编：225001
　　　　　（0514）85228081（总编办）　85228088（发行部）
　　　　　http://www.yzglpub.com　　E-mail:yzglss@163.com
印　　刷 三河市华东印刷有限公司

开　　本	787mm×1092mm　　1/32
字　　数	70 千字
印　　张	5
版　　次	2019 年 1 月第 1 版
印　　次	2022 年 3 月第 2 次印刷
书　　号	ISBN 978-7-5554-1140-6
定　　价	35.00 元

目录

爱 的 供 状

年华似水，不知不觉地流去了四十九年，一年年的玩岁愒日，居然也活到五十岁了。要是把我这本人生账簿一页页地翻开来，查一查账，那么这四十九年间没有存项，只有负债，负了父母的债，负了儿女的债，负了国家社会的债，负了亲戚师友和爱我者的债，简直没有清偿的一天。人家于学问或有专长，于事业或有成就，其上也者，有所谓立德，立功，立言；说也惭愧，我却是一无所长，一无所就，也一无所立。倘依照着"五十而知四十九年之非"这句话说起来，那么我这本人生账簿上，真可写上四十九个"非"字的。不过有一件事，是我所绝对的不以为非，而绝对的自以为是的，那就是我从十八岁起，在这账簿的"备要"一项下，注上了一页可歌可泣的恋史，三十二年来刻骨铭心，牵肠挂肚，再也不能把它抹去，把它忘却。任是我到了乘化归尽之日，撒手长眠，一切都归寂灭，而这一页恋史，却是历劫长存，不会寂灭的。我平生固然是一无所长，一无所就，也一无所立，只有这一回事，却足以自傲，也足以自慰。我虽已勘破了人生，却单单勘不破这一回事；也就是这一回事，维系着我的一丝生趣，使我常常沉浸于甜蜜温馨的回忆之中，龚定公《写神思铭》中所谓"较温于兰蕙"的心灵之香，"绝娹乎裙裾"的神明之媚，都让我恣情的享受，直享受了三十二年。

如此说来，我倒像是情天中一位无忧无虑的快乐神仙了。不！不！我可还没有那么大的福分；恋爱之不能无苦痛，正如玫瑰之不能无刺。最初的六年，因为局势已定，无力回天，自幼儿订定的婚约，把她一生的命运支配了，我那一颗空洞洞的心，老是被苦痛煎熬着，是一种搔爬不着而又没法疗治的苦痛。彼此因为在旧礼教压迫之下心虚胆怯的缘故，只是借微波以通辞，假尺素以达意，从没有敢会一次面，说一句话，若有情，若无情，老是在这样虚悬的苦痛中煎熬下去。于是病魔乘隙而进，接连的侵袭着我，贫血病啊，肝胃病啊，神经衰弱啊……不一而足。工愁必善病，竟成了一个固定的方式，我对于恋爱，总算付出了不小的代价。到得六年以后，一个已罗敷有夫，一个也使君有妇，那分明应当忏除绮障，摆脱这一年年煎熬着的苦痛了。谁知这苦痛竟如附骨之疽，没法儿把它拔去，并且双方都是一样。同病相怜之余，就不得不求个互相安慰的方法，尤其是她，为了遇人不淑，非得到安慰不可，于是竟相邀相约的偷偷地会晤起来，借着物质上耳目口腹之娱，稍稍忘却了精神上的苦痛。可是情感因接触愈多而愈加进展，又为了这不可弥补的缺憾而愈加苦痛。尤其是这情痴的我，直痴得像古时抱柱守信的尾生，痛哭琅玡的王生一样，更陷到了苦痛的深渊中去，不可自拔。有时虽也跟朋友们踏进歌台舞榭，在人前有说有笑，像个没事人儿一般，其实内心所感受到的恋爱之苦，恰似毒弹入骨，常在隐隐作痛呢。到了无可告语、无可申诉之时，便诉之于笔墨，一篇篇的小说啊、散文啊，一首首的诗啊、词啊，都成了我用以申诉的工具，三十二年来，也不知呕过了多少心血。平日间独个儿坐想行思，总觉得有一个亭亭倩影，兀自往来于心头眼底；而我那些作品的字里行间，也就嵌着这一个亭亭倩影，呼之欲出。又为的西方紫罗兰花是伊人的象征，于是我那苏州的故居定名为"紫兰小筑"；我的书室定名为"紫罗兰盦"；我的杂志定名为《紫罗兰》《紫兰花片》；我的小品集定名为《紫兰芽》《紫兰小谱》，我的丛书定名为《紫罗兰盦小丛书》，更在故园的一角，叠石为"紫兰台"，种满了一丛丛的紫罗兰，每当阳春三月花开如锦的时节，我就天天痴坐在那里，尽着领略它的色香，而心头眼底的那个亭亭倩影，又仿佛在花丛中再冉涌现出来，给我以安慰。

有几位知道我底细的老友，都在笑我太痴了，善意地劝慰我道："你有一个慈母贤妻和孝顺儿女所构成的美满家庭，难道还不能满足么？以前种种，也可以看开些了。"是的，我不能否认，我有一个很美满的家庭，母慈，妻贤，儿女孝顺，我就在他们的温情之下，过了二十多年安定的生活，我很感激他们给予我无限的温情，才得延长了我的生命，不然，这烦恼的世界上早就没有我了。尤其是我的妻！凤君，真是一位标准的贤妻良母，委曲求全的体贴备至。我最初就没有瞒过她，在她过门后的第三天上，很坦白地把我的恋史和盘托出，她虽不免因爱生妒，可是对于我也渐渐地表示同情；而我对于她呢，早年在亲戚家遇见她时本已有了深刻的印象，并不是单凭媒妁之言的结合，所以我是始终爱重她的。可是我那另一个爱的根荄，实在在我的心坎中种得太深了，总也不能拔去，这真是无可奈何的事！记得民国二十六年秋间避兵皖南南屏山村时，曾有过这么一首《慰闺人》的诗："情丝著体年方少，慧剑难挥万绪纷。我有双心分两室，渠侬占——归君。"这就足见我的一片苦心了。

有人说："几百年的老树，也有被大风连根拔起的，你那另一个爱的根荄，岂有不能拔去之理？"是啊！几百年的老树确有被大风连根拔起的事，只因它的本干和根部已被蛀虫蛀空了的缘故。而我那爱的根荄，却是一年年把我的心血眼泪做肥料，随时随刻地浇灌着；把她的深情蜜意做土壤，随时随刻地培养着，因此早就根牢固实了，哪里还有拔去的可能？要是我真的是失恋的话，那么一了百了，倒也死了这条心了，叵耐偏偏不是"失"

而是"得"，所得的是一颗热烈的心、一颗百折不回的心。身子虽被别人占有了，却还抵死挣扎着替我苦守了一年，直守到我结了婚。今生是牺牲定了，却愿意死心塌地，做我一辈子的未婚妻。这是民国十六年七月十一日一封沥血剖心的千言长信中所吐露的两点，也是她十多年来破题儿第一遭赤裸裸的陈诉；我只索捧着那一叠信笺流泪，感动得四肢百体都震颤起来。十六年来，我把这封信薰香什袭地珍藏着，瞧作一件无价之宝，任是这几年在颠沛流离之中，从没有离开过它，将与其他的几件信物，作为我将来的殉葬品。唉！"春蚕到死丝方尽，蜡炬成灰泪始干"，这是唐代诗人李义山的名句，也就是我对于一般劝慰我的朋友们提出一个综合的答案。

从此以后，我的精神上得到了莫大的安慰，我那郁塞的心顿时开朗了，我好似得到了新生，一天天地从悲观中转变到乐观来了。自己常在这样暗暗地想：我即使不齿于社会，见弃于世人，被剥夺了一切的一切；然而我已稳稳获得了一位天人的热烈的心、真挚的爱，人世间还有甚么比这个更可宝贵的呢？于是我不想忏情，不想忘情，也不想逃情了。只是在相思无那时，要筹维一个寄情之法，寄情于花木鱼鸟，寄情于书画骨董，借此安顿身心，得少佳趣。这些年来，身遭玄黄之劫，不得已而背井离乡，连那握手言欢的伊人，也已远隔云山，欲觅不得，只索向梦里寻去，有时梦里也寻不到，那就又沉浸于甜蜜温馨的回忆中去了。风和日丽之辰，月明星稀之夜，我往往独坐在一角小楼中，对着一炉香、一瓶花、一盆树，沉沉地想着，尽是想那过去的陈陈影事，一件件在笔尖上抒写出来，仿佛有人亭亭、依依于襟袖之间，不由得荡气回肠，如痴如醉。积渐地写成了一百首《记得词》，如今就把它作为我一生的爱的供状，也作为我五十自寿的纪念。

有人说："这是非常时期的非常时期，你却偏有闲情，发表这些靡靡之音的篇什，难道不怕清议么？"我却毅然决然地答道："是啊，我只知恋爱至上，不知道甚么叫做清议！"嘲笑谩骂，一切唯命。当年朱竹垞氏编定诗集，有人劝他删除《风怀》百韵；朱氏却回绝他说：我宁不食两庑肉，不愿删去《风怀》诗。小子无状，正同此心，何况这不是科举时代，何况我又没有这"食两庑肉"的资格呢？不过我敲诗拈韵，只有短短六七年的历史，说不到甚么工力，无非借它抒写性灵罢了。

在《记得词》一百首之前，先来十六首《无题》七律，作为总括大意的引子，前八首叙事写情，后八首伤离怨别，也真如龚定公所谓"殊呻窈吟，魂舒魄惨"啊！

《无题》前八首

卅二年前梦再温，眼边微孕泪双痕。

瑶街乍睹姗姗步，绮阁旋通楚楚魂。

寄去素笺才吐意，飞来玉札竟纡尊。

红颜知己殊难得，初沐平生不次恩。

美人才调信纵横，冰雪聪明擅性灵。
似凤清眸传密意，如莺慧舌吐深情。
蜀笺善作簪花字，蛮语能为锦鸪声。
心地玲珑通百艺，琼姿何况是倾城。

六年未许接仙姿，青鸟殷勤慰所思。
欣遇花间行缓缓，喜逢巷曲去迟迟。
蛾眉兴诼原堪恨，妒眼成城亦可嗤。
愿向爱河拼自溺，尾生终古是情痴。

雏莺生小便联姻，乍见云辂意似焚。
珠泪偷弹鲛帕湿，绣衣频谢麝香薰。
缘由前定君怜我，梦可长圆我慰君。
我未成名卿已嫁，问心终悔负红裙。

一病相思送晚芳，三朝茹恨探兰房。
银光煜煜芙蓉镜，珠珞垂垂玳瑁床。
眉样轻描仍未改，手衣初御示难忘。
绝怜琼阁朱阑畔，珍重一声泪两行。

云英嫁去常衔哀，深锁蛾眉郁不开。
聊以忘忧临舞榭，偶因遣闷到歌台。
鸳肩婉谢檀奴并，藕臂轻扶阿母来。
却让鲰生夸艳福，先颁玉旨约追陪。

初度招邀正好春，相陪绮席影形亲。
人前岂必通眉语，背后原来已目成。
海誓未能宣此日，山盟先许结他生。
难忘银烛清尊畔，倚醉喁喁啮绛唇。

　　　　　爱的供状

兰玉盈阶绿满阴，无情岁月去骎骎。

愁无可解愁弥固，爱莫能忘爱更深。

卿意缠绵如我意，我心宛转似卿心。

闺中有妇差贤淑，慰问书来字字金。

《无题》后八首

叠叠闲愁叠叠深，排除无计且悲吟。

梦中忽睹亭亭影，灯畔空偎瑟瑟衾。

泊凤飘鸾迷去迹，沉鱼落雁绝来音。

遥知万水千山外，一样相思一样心。

相思万种夜来煎，转侧中宵苦不眠。

独茧绁愁愁似水，孤灯煮梦梦成烟。

仙葩堕涸殊堪惜，彩凤随鸦总可怜。

莫叹人间多缺憾，从容一笑付之天。

山程水驿白云连，抚昔思今梦不圆。

秋草经霜都落寞，春蚕作茧本缠绵。

宫砂一载劳相守，鸳牒三生恨未填。

检取心魂抟作土，卿卿我我万千年。

前尘追溯有余哀，岁月难留白发催。
竟遣娇莺衔鹤怨，谁令雏燕误鸠媒。
卅年输爱缘非浅，一舸浮湖愿早灰。
但使双心常固结，他生携手约重来。

长宵寂寂漏沉沉，吊梦歌离泪满襟。
莫道情深难啮臂，曾因爱切共盟心。
花开花落愁常驻，春去春来老渐侵。
但愿年光能倒驶，韶颜同向梦中寻。

风清月白小春天，惨绿愁红入锦笺。

不信至情能老去，非关失恋自缠绵。

瑶函积积巾箱满，倩影频频梦寐牵。

只恨身无双凤翥，长风相送到君前。

无意行春作散仙，杜门却扫忆当年。

银屏影里常联臂，金谷园中小比肩。

荡气回肠怜我苦，推襟送袍感卿贤。

情知此别应非久，密意从头诉万千。

芳菲三月满春城，独处岑楼静似僧。

眼底偶呈花绰约，心头常挂影娉婷。

金环贻我千般意，红豆赠君万种情。

莫惜华年随逝水，今生未卜卜来生。

爱的供状

《记得词》一百首

这些年来吊梦歌离，愁红怨绿，老是在百无聊赖中消磨这如水年华，虽说是如水年华，倒也并不觉得像水一般流得那么快，也许是为了百无聊赖之故，就合着"度日如年"那句老话，反恨那光阴过得太慢而有些儿不耐烦了。《记得词》绝句一百首，就是我百无聊赖中的一种产物，借此以找到一些精神上的安慰；而我的所谓精神上的安慰，偏又少得可怜，简直可说是等于零。有之，那么就是我三十二年来刻骨铭心的那一页可歌可泣的恋史而已。在八一三事变以前，老友张恨水兄曾根据我的本事，写了一部长篇小说《换巢鸾凤》，由我排日付刊于所编的《申报》副刊《春秋》上，那"楔子"中的十首联珠，就是全书叙事的纲要，写得宋艳班香，娓娓可诵，如今转录于此，留一纪念：

盖闻兰生空谷，流泉度其孤芳；月落秋阶，苍鹤怜其皓魄。是以高山一曲，焦桐托生死之交；落花无言，巾车感相逢之晚。

盖闻二南之叶，好述为往哲所不能讳言；三闾之辞，钟情亦骚人所有以自托。故铜沟流翠，有缘得叶上之诗；彩凤求凰，怜才悟琴中之意。

盖闻求三年之艾，虽扁鹊莫起沉疴；索十万之钱，是天孙尤须重聘。故灰尽芳心，商女不知亡国恨；撑将泪眼，落花犹是坠楼人。

盖闻沧海多波，红颜薄福。鹦鹉以能言而投笼，孽非自作；山鸡以善舞而触镜，天实为之。是以能藏金屋，不妨生碧玉于小家；一入侯门，谁得寻紫钗于旧邸。

盖闻良禽择木，不以遭网罗而易此心；芳草

流芬，不以生荆棘而丧其质。故徐庶别蜀，策未魏谋；李陵事胡，心存汉室。

盖闻精卫填海，未减痴心；愚叟移山，且竟素愿。牡丹亭畔，寓言还杜女之魂；司马门中，故主圆乐昌之镜。故满山是血，夜深啼遍哀鹃；一苇可航，春归终期旧燕。

盖闻孝思不匮，有歧路回车之私；人言可畏，秉瓜田纳履之戒。故东家宋玉，遽感投桃；陌上罗敷，终虚解佩。

盖闻月没星替，并是因缘；李代桃僵，相为祸福。故绛珠虽出于贾氏之园，孔雀不飞于仲卿之室。

盖闻汉家信绝，明妃之泪偷垂；楚宫腰轻，息妫之心早碎。故面壁经年，留此身以有待；楚歌四起，怵去日之苦多。

盖闻河梁唱别，念生死之悠悠；楼上断魂，感年华之寂寂。故抽刀断水，情犹击乎藕丝；炼石补天，身不甘于泥絮。

盖闻相思难治，唯卜双栖；角酒不已，同拼一醉。故海枯石烂，犹订约于他生；花落鹃啼，徒遗恨于今日。

事变中《春秋》暂时停刊，《换巢鸾凤》也就不了而了。可是恨水兄辛辛苦苦地一连写了十五回，虽已费了不少心血，还是好像有一重隔膜似的，搔不到我的痒处。原来我自己心坎深处蕴蓄着的千头万绪，任是恨水兄那么一枝生花妙笔，也无从曲曲折折地描写出来。要是让我自己动笔来写吧，那又好像是一部二十四史，真的不知从何处说起！于是就在百无聊赖中雕肝镂心，追忆三十二年来的一切，写成了《记得词》绝句一百首。写的时间先后不出一年，而所记的却概括了三十二年，时日当然不能尽记，自也不免有先后颠倒之处，好在这个并不是本人的年谱，无关重要的。诗中所记，有的是事实，有的是梦境，有的抒情绪，有的写感想……信手拈来，并不计其工拙，最近却为了郑重起见，特地检出原稿，走访诗友沈禹钟兄，请他指正，因为他是此道的老斫轮手，料想定能给我点铁成金的。谁知一星期后他把诗稿交还我时，却见一百首中仅仅改动了七首，七首中仅仅改动了二十二字。当时我自然很不满意，问他为什么不痛加斧削，难道是为了朽木不可雕么？他回说：这一百首诗全都由你灵府中的深情蜜意组合而成，实在改动不得；并且也看得出你已刻意求工，早就一改再改，煞费苦心了。我没奈何，只得勉勉强强地把它带了回来，也只得随随便便地把它发表了出来，有的须加注语的，就加上几句，有无须的，也就从阙，因为诗是旧体诗，所以注语也一概用文言文了。唉！前尘若梦，往事如烟，回首当年，惆怅曷极！在清代诗人舒铁云氏的《瓶水斋诗集》中集成二绝句，即以题其端：

豆蔻梢头事惘然，青春初度有情天。
人间此境应愁绝，谁遣鸳鸯化杜鹃。

归梦自随流水去，暮鸦啼杀绿杨丝。
云英已嫁方干老，肠断吴侬本事诗。

卅年前事已成陈，蓺尽心香入梦频。

记得江城春似锦，绿杨巷陌种兰因。

【自注】

溯自当年邂逅之始，缠绵歌泣以迄于今，一弹指顷，忽忽已逾三十年矣。

小年媚学成书蠹，偏有闲情役梦魂。

记得心旌常著处，萧疏风柳大南门。

【自注】

　　少时颇知媚学，十八岁即执教鞭于母校。大南门为黉舍所在地，而伊人之家，亦复密迩也。

圆姿艳艳髻峨峨，瞥睹仙姝堕爱河。

记得城南花巷里，痴心日日伺秋波。

【自注】

伊人就读于城西某女学，散学归来，必取道小巷，予亦排日过此，以伺其眼波为快。

洛川神女非凡艳，小谪千年下太清。

记得红窗偷一眼，不输平视作刘桢。

【自注】

有时以时间相左，过小巷不值，则诣其家门前窥之，虽偶睹倩影于一瞥间，自谓亦不输刘桢之平视也。

怜香惜玉一心坚，青鸟传书诉万千。

记得九天颁玉旨，簪花小字满鸾笺。

【自注】

　　伊人以艳慧蜚声里闬间，予固已心识其名，爰以尺素书往，借达钦迟之忱。越三日，竟获还云，慨然以缔交见许，盖予尔时已为文字役，渠亦知予名矣。

清才能作探梅赋，丽质还胜萼绿华。

记得年来耿冷艳，不辞风雪看寒花。

【自注】

　　某日书来，膝以校中所作文课《探梅赋》一篇，清词丽句，斐然可诵。予年来有逋仙之癖，爱梅特甚，虽曰以其为国花故而劲节孤芳，此文固已诏我于先矣。

孤雏号夜泪难干，黄巷青灯耐岁寒。

记得天人关爱切，年年奋翮作鹏搏。

【自注】

    予六岁失怙，赖慈母茹苦含辛，鞠育以长，平日孜孜向学，不敢少懈；自得伊人垂青，则更朝惕夕厉，力图奋发矣。

红牙按拍歌喉脆，常有游鱼出水听。

记得华堂曾度曲，春莺百啭牡丹亭。

【自注】

　　伊人擅昆曲，得名师薪传，《牡丹亭》"游园""惊梦"诸折，均能琅琅上口。

一枝豆蔻乍含胎，便下温家玉镜台。

记得悲来常咄咄，误人至竟是鸠媒。

【自注】

　　雏莺生小，即以媒妁之言，许字富家子某氏。某蠢蠢无所长，非其俪也。书中每及此事，辄悲愤不已。

珍珠密字乌丝格，心事千重一纸书。

记得行间曾渍泪，琼愁玉怨总难除。

【自注】

嫁前十日，以长书剖诉衷曲，哀怨弗胜，略谓数年来一再婉拒，以冀幸免，今则实逼处此，不能复延矣云云。行墨间泪痕斑斑，犹隐约可见也。

春来渐觉腰围瘦，疑是东阳姓沈人。

记得渠侬将别嫁，故应肠断百花辰。

【自注】

伊人嫁期订于春初月之某日，予忧伤憔悴，无以自慰，竟致恹恹而病，不觉瘦损沈郎腰矣。

盈门百辆驻香舆，泪眼无从挽锦裾。

记得云英终嫁去，鸾情凤想尽成虚。

【自注】

　　嫁之日，予既计无所出，但有饮泪，伊人亦委心任运，不克自全。于是鸾情凤想，尽付东流矣。

洞房春暖恰三朝，携泪强来访阿娇。

记得亭亭人玉立，纤眉蹙损未曾描。

【自注】

　　予以凤稔夫己氏故，爰于三朝托词称贺，借谋一面。入洞房时，见其低眉鬒黛，有楚楚可怜之色，而微抚其所御浅色丝手衣以示意，盖予畴昔所馈赠者。

胜常道罢暗魂销，相对无言倍寂寥。

记得琼姿能闭月，如何减却几分娇。

【自注】

　　此为予六年来与伊人晤对之始，亦两两通词之始。顾寒暄数语后，咸悲从中来，默尔而息矣。

银盂银笔亲贻我，中有佳人款款情。

记得书窗常作伴，誓将翰墨奋前程。

【自注】

　　承以银笔、银水盂等文具数事见贻，盂上镌英吉利字"REMEMBRANCE"并其西名缩书"V. T."二字，盖欲予睹物思人，长毋相忘；亦所以勖我努力文事也。

玉珰缄札美人贻，洛诵回环可忘饥。

记得传书求稳便，常劳琼姊与兰姨。

【自注】

平昔无由觌面，则端赖缄札为慰情之具，每得其片纸只字，目为瑰宝，予作覆靡勤，以邮递之不甚稳便也，辄倩其中表姊妹行为青鸟使焉。

阿谁识得莲心苦，偏说金闺福自饶。

记得鸳衾常独拥，空教红泪湿鲛绡。

【自注】

　　伊人戚郦中之昧昧者，佥以其嫁得金龟婿为有福。初不知两情难洽，如冰如炭，独处深闺，似坐犴狱，日惟以眼泪洗面而已。

　　　　　　爱的供状

翠眉难展可怜孋，嫁后光阴惨不春。

记得葳蕤经岁守，灯前仍是女儿身。

苦心坚守女儿身，完璞还期报故人。

记得千言陈密意，至情应许勒贞珉。

【自注】

　　频年鱼雁常通，徒诉哀怨，未尝以其蕴蓄于心者，稍稍泄露于行墨间，盖犹冀予自拔于情网，毋再郁郁为也。比十五年后，因予去书之一激，始倾筐倒箧而出之，其民国十六年七月十一日来书云："（上略）想当初我也曾几次三番地想抵抗，然而总没有效力，做梦一般地被他们送进这牢狱式的门口了。后来退一步想：我譬如寄居此间，保持清白，以后慢慢地再作道理。一年工夫，居然被我挨过了；但是好不容易，这恐怕也没有第二人所能办到的吧？"苦心孤诣，一至于此，三复诵之，为之感激涕零！一息尚存，自当铭心刻骨，永矢弗忘美人恩也。

碧梧元合凤凰栖，谁分秦楼未可跻。

记得千金申一诺，今生长作未婚妻。

【自注】

"（上略）我和你是很正当的精神结合，要是你不嫌弃我的话，就作为我是你的未婚妻便了。"此亦七月十一日长书中语。嗟夫！世有百年偕老之夫妇，又安得有一生相守、结缡无期之未婚妻哉？是痴情语，亦伤心语也。

经年无分见文箫，不觉朱颜渐渐凋。

记得孤灯孤枕畔，听风听雨可怜宵。

【自注】

　　侯门如海，远隔红墙，虽欲一伺眼波，亦不可得。憔悴经年，不胜相思之苦，而风雨之宵，尤难为怀焉。

欲从画里唤真真，不见欢容只见鬈。

记得芳年刚十七，梨涡一笑可回春。

【自注】

　　欲见不得，则时时出其小影视之，影摄于
当年缔交之始，正十七妙年华时也。

销魂时节在城南，吊梦歌离百不堪。

记得情丝常自缚，年年辛苦作春蚕。

【自注】

城南为彼故居及新居所在地，风日佳时，辄往过之，以冀一见。正如春蚕作茧，丝丝自缚，不自觉其可怜也。

楼头依约见仙姿，一味相思一味痴。

记得连天风雨里，为伊引领立多时。

【自注】

　　某岁春，伊人为避兵故，暂住城北租界中。一日予过屋外，瞥见其适在楼头，因痴立对街一市肆之前，借微波以通辞。虽风雨连天，沾衣都湿，弗顾也。

一年守鳏非为久，别缔鸳盟总可嗤。

记得渠侬心绪恶，歌台听唱葬花词。

【自注】

　　伊人嫁后一年，慈母见予郁郁不自聊，命
即别娶。婚之日，渠亦来观礼，眉黛间有楚
色。翌日忽以书来，谓昨宵观《黛玉葬花》于
某剧院，心绪恶劣，为林颦卿一掬同情之泪云
云。微旨所在，自不难探索而得，顾予惟有引
疚，无以慰之。

　　　　　　　　爱的供状

美人身世等秋荼，独对菱花影总孤。

记得花晨梳洗懒，偷缄红泪寄檀奴。

【自注】

　　渠与夫己氏既不相得，故以独处之时为多，书来语多凄惋，行墨间似沾泪痕焉。

芳心一寸渐成灰，委曲求全事可哀。

记得罗裙长不溮，晶盘日日进青梅。

【自注】

　　"我虽守过了一年，而你已和人结婚了。
这也不能怪你，我又不曾向你有所表示，这都
是我不肯多说话的害处。总之，这样一来，我
很觉灰心，以为你是没有真情的人（现在我已
不是这样想了）。心中一懈，就此前功尽弃，
这便是我作为今生和你无缘的证据了。"此亦
民国十六年七月十一日长书中语。盖彼嫁后守
身一年，意有所图，因予别娶而遂灰心；于是
前功尽弃，委曲求全，而怀孕于两年之后矣。

可怜九月初三夜，握晤还疑在梦中。

记得春秋逾六度，情深只赖雁书通。

【自注】

　　缔交六载，未尝敢谋一面，但借尺素互通情愫。及双方嫁娶之后，而忽有此举，洵不可解！记是日为九月初三，时已薄暮，白香山"可怜九月初三夜"句，遂得假用于此，当促坐密语时，犹疑南柯一梦也。

凌空兀兀摩星塔，有约同来夕照沉。

记得凭阑曾密语，坚贞共矢百年心。

【自注】

　　把晤之地，在先施乐园之摩星塔下。时予方主纂《乐园日报》，日必莅园视事，因约晤于此。因此一晤，而情谊益坚，毕生以之矣。

　　　　　爱的供状

珠愁玉怨梅花落，搬演红氍自逼真。

记得悲来同雪涕，依稀都是戏中人。

【自注】

    包天笑先生说部《梅花落》，先后由新民社、民鸣社编为话剧，演之红氍毹上，尝约伊人往观，至哀惋处，辄相与雪涕。

只缘久郁意难舒，期日偶疏雁足书。

记得飞笺来问讯，檀奴玉体近何如？

【自注】

　　予多愁善感，无以自解。每郁伊无欢时，百事都废，即与伊人亦不复通音信。于是来书辄殷殷以健康与否为问，可感也！

使君有妇羞贤淑，争奈罗敷枉有夫。

记得开尊同话旧，怜伊红泪泻千珠。

【自注】

予幸得贤妇，而彼则遇人不淑。每与餐叙共话昔尘，辄累唏不已。

凤来仪后一年更，喜看娇婴锦带绷。

记得渠侬情意重，金牌持赠祝长生。

【自注】

予婚后一年，即获一雄。弥月时，伊人以金锁片一事见贻，即悬之儿项，以迄其长。今犹什袭珍藏于箧衍中焉。

金尊银烛敞琼筵，共醉香醪祝大年。

记得唇樱初试后，长教甜蜜到心田。

【自注】

　　某夕同餐于北四川路之粤南酒楼，肴核既美，兴会亦佳。尔时尊边情景，迄犹耿耿不能忘也。

息妫元是无言惯，一见萧郎笑语倾。

记得酒边闻雅谑，桃花登颊可怜生。

【自注】

平居寡言笑，而把晤时欲逗予笑乐，每多
雅谑，时则频晕桃花，姿致弥艳。

青莲心性白莲姿，落落孤高想见之。

记得倾觞成薄醉，花娇柳姹近人时。

【自注】

伊人殊善饮，量宏于予，薄醉时柳姹花
娇，弥觉其婉娈近人也。

无端歌哭郁千辛，讳疾忌医自损神。

记得玉人和泪劝，为侬珍重百年身。

【自注】

　　予以历年抑塞于怀，致罹肝胃之疾，顾听其自然，不欲就医。伊人一再苦劝，至于泪零。其某一函中有云："你应该想你是爱我的，你有病，我很不安。你要安慰我，第一先要医好你的病，那才是真的爱我呢。"情见乎词，读之感涕！

多情端的是愁媒，权把清娱遣闷来。

记得春江花月夜，歌台舞榭许追陪。

【自注】

　　伊人感于家居苦闷，则时出游散，借以自遣。以夙嗜声歌故，恒诣剧院观剧，先期必函约偕往。予复挈以赴礼查舞厅或音乐会等观光，借资调剂。

陆离光怪银屏影，万象包罗幻象呈。

记得双携同赏叹，欢情都向暗中生。

【自注】

　　于电影有同好，凡海上影院，无远弗届，当年北四川路之爱普庐、奥迪安，及上海大戏院，尤为常川莅止之所。惟渠不喜观悲剧，谓本身已为悲剧中人，又何堪更为剧中人陪泪哉！

人言可畏要提防，止谤还须赖阿娘。

记得鸯肩相并处，苍颜华发是萱堂。

【自注】

　　伊人素巽怯，慑于人言之可畏；故每与予共游宴，辄嬲其慈母偕来，而予亦深感老人之慈祥，能为吾二人地也。

莲侬蒠汝缠绵甚，宛转相通一寸心。

记得春宵贻信物，玲珑约指铸坚金。

玲珑约指坚金铸，蛮语深镌表挚情。

记得年年长在手，未须钿盒证鸳盟。

【自注】

　　缔交多年，各以心腑相见，而渠于缄札或言词之间，未尝齿及一"爱"字，盖恐予深陷情罟，益将不能自拔耳。渠一夕忽以一金约指见贻，指面作小长方形，珐兰地，上镌英吉利字"Love"，则赫然"爱"也。予喜心翻倒，再拜而受，亟御之于左手第四指上，珍同球璧焉。

市楼夜饮沉沉醉，襟上斑斑满酒痕。

记得花灯明似雪，劳伊扶去叩朱门。

【自注】

　　时方同饮于市楼，狂喜之余，尽无算爵，不觉沾醉，渠因偕予过其母氏许小憩焉。

神仙未必多顽福，修到鸳鸯胜似仙。

记得明珰才卸却，诸天尽是有情天。

【自注】

此记梦也。人非木石，孰能无情？不必有此事，却不可无此梦！

胆娘生小偏无胆，爱惜清名亦谅渠。

记得花间申约法，人前第一要生疏。

【自注】

渠爱惜清名，巽怯逾恒，每驾言出游，辄
兢兢焉以遘及戚友为惧。如同乘公共车辆时，
恒佯作不相识者，终程不敢通一语也。

钿车焕彩紫兰身，过市招摇碾曲尘。

记得良辰曾共载，低眸掩袖总防人。

【自注】

当予佐同学高勇醒兄创立大光明电影院时，尝置飞霞牌摩托车一，通体髹作紫罗兰色。每与渠共载时，渠必低眸鞿黛，或以素帕障其半面，防为亲故所见也。嘻，亦可怜已！

爱的供状

江城六月苦炎蒸，解愠招凉恨未能。

记得卿心如我热，相将赌饮玉壶冰。

【自注】

　　入夏海上暑甚，如就炙于洪炉。渠畏热嗜冷饮，以冰结凝为恩物，一饮能尽五六盏，予尝与赌饮，不能胜也。

绿阴如幄绿连天，绿染衣襟绿上肩。

记得芳园同诮暑，轻绡掩映绿荷边。

柳丝低舞拂银塘，翠盖亭亭八尺长。

记得凉飔来眷夕，朱唇微度紫兰香。

星稀月暗霏轻雾，鸟睡花眠蝉噪微。

记得荷亭同促坐，流萤烨烨上罗衣。

【自注】

　　以上三绝，记某岁夏夜，诮暑于顾家宅公园事也。今则绿荷犹是，人事已非，回首前尘，能毋怅惘！

　　　　　　　　爱的供状

吴中小筑一椽安，肇锡嘉名是紫兰。

记得芳辰常抱憾，万花如海不同看。

【自注】

　　民国二十年秋，买宅于苏州王长河头，榜其门曰"紫兰小筑"。值春秋佳日，万花如海，辄折柬招与共赏，而渠以顾忌恐多，终不肯来，滋以为憾！

青阳港上水沦涟，景物依稀是昔年。

记得并肩人似玉，衔杯共醉菊花天。

【自注】

　　某岁秋仲，予以家园所植盆菊，参加青阳港铁路饭店之菊花展览会，因飞函速之来，相与持螯以赏，逸兴遄飞。

双双徒步如麋鹿，争上晴峰力不衰。

记得春纤曾勒石，情天留得纪功碑。

【自注】

昆山距青阳港迩，因又偕游马鞍山，各夸腰脚，争登其巅。渠出寸铅，戏署其名于一山石之上，盖仍为西名之缩书"V. T."二字，固不畏人知也。

昆山鸭面名天下，下箸同夸快朵颐。
记得嘤嘤闻妙语，相思情味倘如伊。

【自注】

　　昆山鸭面，脍炙人口久矣。下马鞍山后，即就一肆共啖之，入口津津，诚不啻相思情味也。

　　　　　　　爱的供状

梦中人是意中人，形影相随总可亲。

记得痴情曾比拟，卿为宝辇我为轮。

【自注】

平昔以睽隔时多，把晤时少，辄呼负负！渠曰："然则将奈何？"予曰："卿为车，我为轮，昕夕相依，庶乎其可矣。"

相思无限凭谁诉，托付飞鸿诉与郎。

记得青箱瑶札满，心灵夜夜吐芳香。

【自注】

历年寄予之书，积数百通。予薰以兰麝，裹以罗帕，贮以锦盒，虽在干戈扰攘之中，一无所失；每一检读，仿佛有心灵之香，披拂其间也。

秦淮河畔走征骖，聊以慰情影一奁。

记得销魂难话别，桃花细雨湿江南。

【自注】

　　某岁春，渠以不欲更与夫己氏共晨夕，因毅然就事于白门。临行以近影一帧寄苏，借代话别。

春来好梦苦无凭，枯寂浑如入定僧。

记得同心人去后，莺歌蝶舞尽生憎。

【自注】

  渠去白门后，予每星期由苏莅沪，遂不复能与把晤，怅悒之情，莫能去诸怀也。

清秋相约作清游，雁足传来一诺投。

记得普天同庆夜，散花天女下苏州。

【自注】

民国二十五年秋，去书邀以游苏，渠一时
兴至，欣然报可，竟于双十节之夕翩然抵苏。
予迓之于车驿，中心欣慰，乃仿佛见散花天
女，自天而降焉。

三层绮阁隔花峤，双影婆娑话旧时。

记得吴天凉月下，银灯相对诉相思。

【自注】

　　三层绮阁隔花峤者，谓苏州之花园饭店也。即于此中共进晚餐，尊边话旧，为之悲喜交集！

秋风荐爽菊花鲜，隽侣翩翩小比肩。

记得冠云峰下立，盟心矢与石争坚。

【自注】

　　同游留园，观冠云峰奇石，窃愿两心交绾，亦如此石之坚不可移也。

青山绿水桥边路，油壁香车载窈娘。

记得虎丘曾蜡屐，同临芳冢吊鸳鸯。

【自注】

　　以马车诣虎丘，蜡屐而登，过憨憨泉，有
古鸳鸯圹，此为明代倪士义与其妻杨烈妇合葬
之所。相与小立其前，不期发思古之幽情焉。

　　　　　　　爱的供状

缃梅灿发如堆绵，共泛梁溪一叶舟。

记得溶溶明月夜，满身花影话绸缪。

【自注】

　　翌年春初，复相约作梁溪之游。止于梅园。时则梅已烂开，流连香雪丛中，心目为之俱豁。

黿头渚畔小勾留，万顷烟波绿上楼。

记得临流曾密誓，五湖一舸更无求。

【自注】

黿头渚畔，小作勾留，观太湖中烟波万顷，心向往之，因誓之于神。脱能如鸱夷子皮之一舸五湖者，则平生之愿已了，不复有他求矣。

断肠时节正清明，痛抱西河感不禁。

记得温言来慰藉，拈花一笑悟三生。

【自注】

　　民国二十六年三月十七日，次子榕在家
园中堕池死，予骤抱西河之痛，悲不自胜。渠
闻之，立以快函来唁，娓娓作达观语，温慰
备至。

眉痕颊影依稀记，别久还防认未真。

记得春残花落后，挑灯常伴画中人。

【自注】

别久不能无念，尤以入夜为甚，则每于灯
下出其旧影置之案头，聊慰相思之苦。

黄梅天气黄梅雨，寂寞情怀寂寞春。

记得蓬山千里隔，断肠诗寄断肠人。

【自注】

　　黄梅天气，最难为怀，则抉取新愁旧恨，一一写入诗筒，远寄白门焉。

输伊肝胆轮困似，石破天惊也不惊。

记得秦淮烽火急，蛾眉剑气自纵横。

【自注】

丁丑秋仲，事变猝发，秦淮河畔，风鹤频惊。妇孺纷纷奔避，而渠不欲离其职守，自谓将死守至于最后一刻；予虽飞函促其返沪，不顾也。

青鸾信杳客魂惊，望断云天百虑盈。

记得红妆刚入梦，那堪五夜一鸡鸣。

【自注】

事既急，吴中亦不可居，予举家走避于浙之南浔。更投以一函，以来浔为请。数日后得复，则坚持如故；予虽皇急万状，亦无如之何。后此音问遂绝，徒萦梦想，翘首云天，为之回肠九转矣。

心头长嵌影亭亭，梦役魂牵到八溟。

记得明眸难款接，中宵空自看疏星。

四愁赋罢一沉吟，终怨春鸿闷好音。

记得夭桃才吐艳，惊看绿叶又成阴。

【自注】

　　已而南浔亦不能宁处，遂买舟赴杭，辗转至皖黟之南屏村。居三月余，而沪渎已平定，因举家之沪，泛河小休。顾伊人杳无消息，不知所之，中心之愁虑可知矣！

绝怜闺里婵娟子，却作投荒万里行。

记得贻书和泪墨，情缘未了待来生。

单飞孤雁影随形，飘泊还如水上萍。

记得离人哀怨语，自怜彩凤忒伶俜。

【自注】

　　抵沪后，亟走访其母夫人，一探伊人消息，始知其由白门而汉皋，由汉皋而西行入蜀，寻即谋得职业，茕茕弱质，万里投荒，其勇往直前之概，迥非驽骀如予者所能企及，可佩也。已而予即于治事处得其来翰，缕述其历劫远行之经过，末谓蓬泊萍飘，归来不知何日，今生未了之缘，惟有期之来世云云，语多哀怨，令人不忍卒读。

爱的供状

伊人秋水不胜悲，夜夜何堪听子规。

记得宵深飞梦去，独携清泪上峨嵋。

经年阔别鬓毛斑，两地相思梦不闲。

记得双心常往返，迢遥万里百重山。

【自注】

　　予虽未尝入蜀，而峨嵋之胜，向往已久。兹既有刻骨倾心之人，羁旅其下，于是夜有所梦，辄悠然作峨嵋之游，盖平日之结想深矣。阔别以来，忽忽一年，两地相思，曷其有极！吾二人之心，仆仆于千山万水间，亦复往返为劳焉。

平安两字胜琳琅，玉影遥颁作靓妆。

记得花容还似旧，偏将肥瘦问萧郎。

【自注】

　　每有书来，辄以"平安"两字相慰。间数月，则滕以近影一帧，粲粲作靓妆，丰姿无减畴昔，而书中则每以肥瘦为问。

　　　　　　爱的供状

销魂旧地有啼乌，依旧帘栊映碧梧。

记得旧时明月好，夜深曾照合欢襦。

【自注】

　　此纪梦之作，梦中情境，极回肠荡气
之致。

平时言笑听分明，玉振金声一样清。

记得频年离索苦，恼他花外有啼莺。

三年未识绮罗春，刻骨相思老此身。

记得怀中红豆子，温馨曾伴玉楼人。

【自注】

　　离索中之光阴，亦复如白驹过隙，一弹
指顷，忽忽三年矣。声音笑貌，萦系心头不能
去，所用以慰情者，相思红豆子而已。

秋风江上感飘萍，万里书来一展罄。

记得兰桡归不远，安排鸾驾迓天人。

【自注】

　　渠方远游未归，而忽遭失怙之痛。一日以书来，谓将奔丧来沪，心窃引以为慰。盖别来三载，重晤有日矣。

生离死别重重劫，泪雨绵绵不肯晴。

记得罗纨齐换却，麻衣如雪亦倾城。

【自注】

渠自万里外匆匆遄归，已不及见老父一面，抚棺号咷，一恸几绝。虽麻衣如雪，脂粉不施，仍不能掩其琼花璧月之姿也。

千红万紫簇华堂，小试居然压众芳。

记得渠侬来眷顾，花容人面共辉光。

【自注】

　　是年秋，予以所植盆栽盆景参加中西莳花会，幸获总锦标英国彼得葛莱爵士大银杯。渠闻讯大喜，侍其慈母同来观赏，相羊众香国里，浑不辨花容人面也。

割慈忍爱投荒去，影只形单倍苦辛。

记得临歧频嘱托，愿君为我慰萱亲。

【自注】

渠之归也。向治事之所请假三月，兹已愈期，函欲前去销假，予与乃母百计留之不可得。盖渠有难言之恫，翻以远行为得计也。骊歌将唱，不能不黯然魂销，顾亦别无他语，但以老母殷殷相托而已。

爱的供状

街车辘辘如龙走，分手匆匆语未终。

记得莺声犹宛转，回头一瞥失惊鸿。

【自注】

　　启行之前一日，相与餐叙话别，并观电影于大光明。既出，同乘公共汽车过南京路，须臾已抵河南路口，遂与分袂，互道珍重，相顾泫然。予惘惘下车，木立道周，目送车影至于不见，而惊鸿之影，亦随与俱杳矣。

相思滋味各深谙，跌宕情场共苦甘。

记得分携春亦老，落花飞絮满江南。

杜兰香去百花残，人隔云山入梦难。

记得别来眠食减，连宵偷检故笺看。

愁春兀自未能醒，神思悠悠入窈冥。

记得年来悲折柳，吴霜点鬓已星星。

【自注】

　　别后重逢，欣得数月之聚，终复作劳燕之
分飞。自冬徂春，倏又春老花落，怨别伤离，眠食俱减；第出其旧时缄札，回环雒诵，用以慰情而已。自维年来饱尝别离滋味，愁肠百结，不觉两鬓都斑矣。

眼波颊影耐人思，绝肖渠侬妙龄时。

记得廿年才一瞬，喜看玉树发新枝。

阶前兰玉骎骎长，谋结三生未了因。

记得年时承惬允，两家春作一家春。

欲令儿女结鸾凰，其奈人谋苦未臧。

记得春朝逢小玉，比肩已自有萧郎。

【自注】

　　渠有爱女，姿致清扬，与其妙龄时绝肖。
予尝乞以俪吾子，借为姻娅，渠亦欣诺无异

辞。顾以多所顾忌，一再因循，迄未成为事实。一日，予逅乃女于街头，则已有吉士与之偕行；向平之愿，又成画饼，徒呼负负而已!

浮沉情海总艰辛，揽镜同怜白发新。

记得当年相见始，朱颜绿鬓各青春。

华年似水匆匆去，捣麝拗莲感昔尘。

记得幽闺肠断语，留将何用是青春！

【自注】

　　华年似水，一瞥而逝，曾几何时，而垂垂老矣。渠虽善自保养，顾以忧伤过度，亦自觉容华之非昔。其某一函中尝云："几年以来，我自己也觉得憔悴得很快，但我又要留住这青春何用呢？我是牺牲定了，还有甚么希望啊！我正在指望时光一年年地快些儿过去，不要再迟迟延延的，教人更觉难堪了。"伤心人语，读之肠回。

江涛㶚洞江声壮，万里夔门客路赊。

记得秋来因惜别，更无情绪看秋花。

灯红酒绿销金窟，姹女三千作态工。

记得伊人行役苦，此心争忍恋芳丛？

【自注】

　　渠以只身远行，间关万里，劳顿可想。予于惜别之余，复惴惴焉忧其途中之或遇意外，于是闲情逸致，索然俱尽，游宴娱乐，更无论矣。

迢遥两地千山阻，雁杳鱼沉万虑煎。

记得梦中曾化鹤，天风吹送到伊边。

【自注】

　　以道远故，音问多梗，每为之焦虑不安，即有尺一书来，亦动须二三阅月之久；苦盼日甚，遂尔多梦，尝梦此身化为玄鹤，奋飞而去，瞬息间已与晤对，为之欢呼而醒。

游仙枕上梦重温，往事萦回有泪痕。

　　记得扪心常自讼，粉身难报玉人恩。

【自注】

　　自问平生德薄能鲜，无长足录，而三十二年来受恩深重，有非楮墨所能言宣者，虽碎骨粉身，亦不足以报万一也。

　　　　　　　爱的供状

红颜知己世难寻，送抱推襟结契深。

记得频年相顾复，情真端不重黄金。

【自注】

双方之相契，端在情感，未尝以物质为念，虽为名分所限，此生已定，而休戚相关，忧乐与共，实有过乎骨肉。人生得一知己，可以无憾，矧为红颜知己乎？

王生只合为情死，痛哭琅玕未算痴。

记得平生多涕泪，箧中尽是断肠辞。

【自注】

综三十二年来所作抒情之说部、散文及诗词等，十之七八均为彼一人而作，雕肝镂心，不以为苦。徒以恬管难张，哀弦不辍，偶检箧衍中旧稿读之，殆一一皆断肠文字也。

愁苗爱叶同根茁，填海补天布惠深。
记得灵娲能炼石，我来兑化作冤禽。

卅年梦影堪追忆，抽尽春蚕未尽丝。
记得千愁兼万恨，泪花和墨织成诗。

【自注】

　　三十二年梦影历历，已留其迹象于此一百首《记得词》中，春蚕未尽之丝，亦几乙乙抽尽矣。嗟夫！情天莫补，恨海难填，人间或有痴如我者，当亦抱憾于无穷。敢以一瓣心香，

乞女娲氏炼石以补情天，我则愿化身为千万精
卫，衔石以填恨海耳。

[选自上海《紫罗兰》（后）月刊 1944 年 5 月、
6 月、8 月、9 月、11 月第 13 期—第 17 期]

附　录

紫罗兰信件之一（残）

……顷由黄妈来此传言种种，具见盛情，无任感佩。惟萍自顾无一异人之处，足招天忌者，何苍苍者亦不吾察耶？清夜扪心，觉予自有生以来，未尝作何昧心事，是或前生宿孽耳。今予亦不复他怨，惟自恨不幸而已耳。闻吾友亦已悟透一切，慰何如之。来岁欣逢吉席，予或能忝与其盛乎？闻胡女士才貌俱佳，萍深为吾友贺也。令堂得此佳儿妇，相依膝下，自当笑口常开，不被他人羡煞耶！吾侪二年友谊，予已告诸家兄矣，此后当谨遵前约，时复予吾友以书，未识足下其愿乎？前拟以薄物数件相赠，聊作酬答之意，乃以乏便中止。今拟倩黄妈奉上。惟是物轻意重，尚祈哂而纳之，是为至幸耳。萍拟于下月初返舍小住数天，如蒙赐函，乞于初四五日由邮寄下亦可。苟吾友谨守前约，不复予吾以书者，萍亦不敢相责也。而足下并予书亦不愿复见者，则不妨作最后之函以告吾，萍亦当乐从之也，不胜企盼之至。

即请

文安　并祈

阖潭安好

友萍敬上

薄物数件拟于下星期日奉上，又及。

图 1 至图 5 为 1916 年"紫罗兰"周吟萍写给周瘦鹃的亲笔信。此乃"文革"抄家后归还之残片。

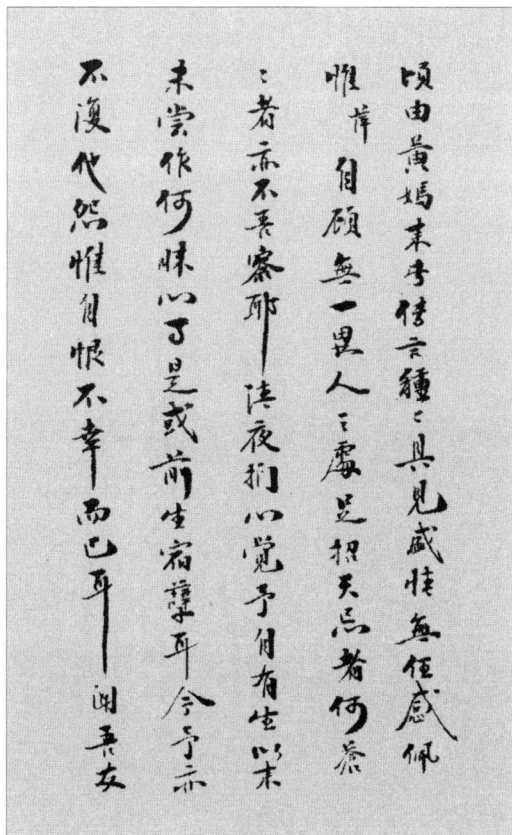

图 1

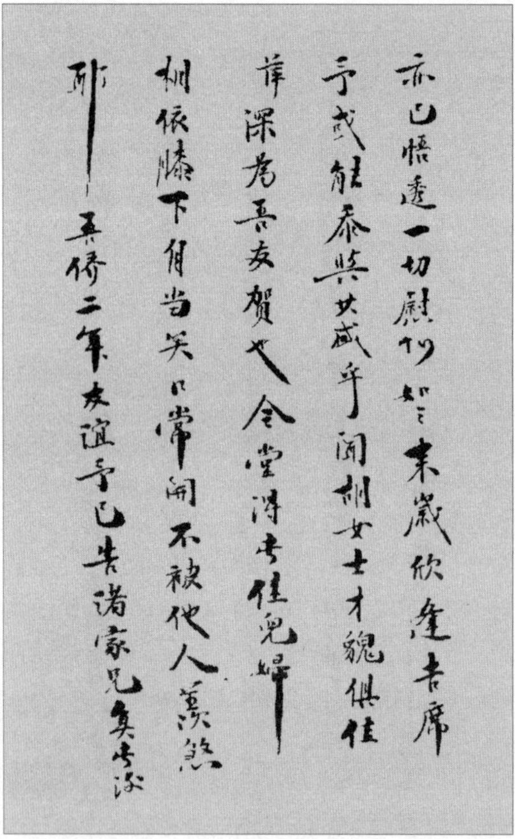
亦已悟透一切尉妙如如来岁欲逢吉席
予或能参与其盛乎闻胡女士才貌俱佳
弟深为吾友贺也令堂得此佳儿妇
相依膝下自当笑口常开不被他人羡煞
耶——吾侨二年友谊予已告诸家兄矣吉洛

图 2

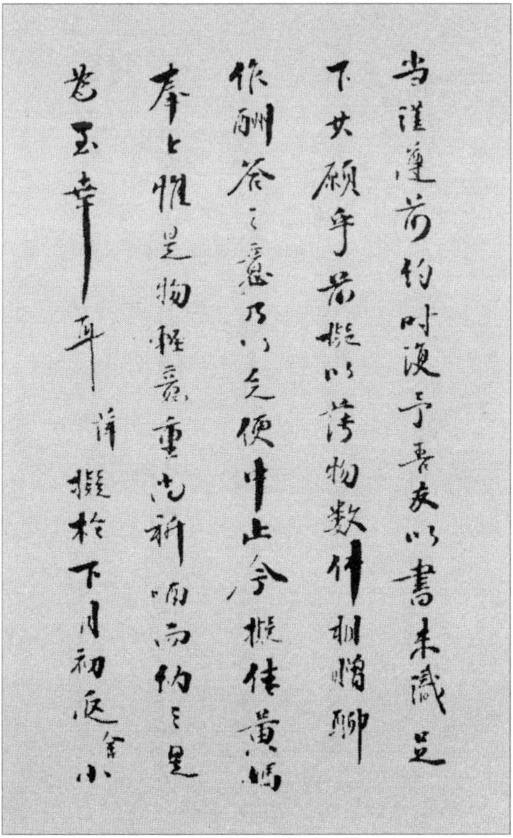

当谨遵前约时复于吾兄以书来减足

下尤顾辱承惠以诸物数件拜领聊

作酬答之意乃以见便中止今拟佳黄鸡

奉上惟是物轻意重愧忻纳而纳之是

卷玉章　　年　　前拟于下月初旬命小

图 3

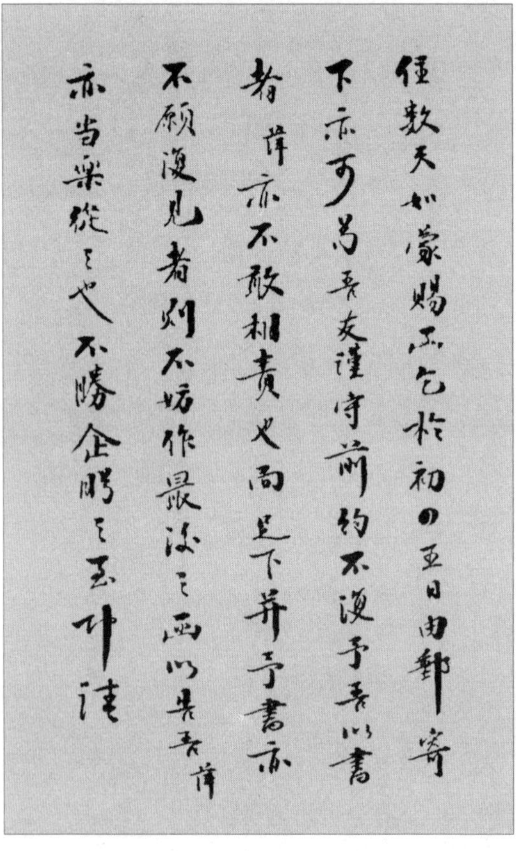

住數天如蒙賜函乞於初五日由郵寄下亦可爲吾友謹守前約不復予吾以書者 儕亦不敢相責也而足下並予書亦不願復見者則不妨作最後之函以告吾儕亦當樂從之也 不勝企盼之至 叩請

图 4

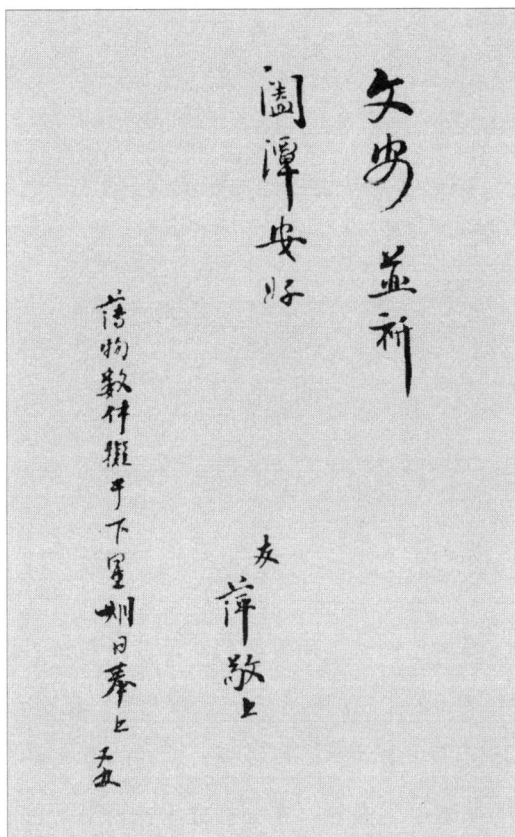

文安 益祈

闔潭安好

博物敦佯擬于下星期日奉上

友 萍 敬上

天丞

图 5

紫兰小筑九日记

编者按：这是周瘦鹃的一篇苏州居留日记，从
1943年5月13日到21日，前后九天。在这九天里，
欣然记下了看花笑，听鸟歌，与雅人墨客畅叙，与
园丁花奴互动交流，充分表露了他内心向往"抽身
人海，物外逍遥"的生活。

清夜无尘，月色如银。酒斟时须满十分。浮名浮利，休苦劳神。叹隙中驹，石中火，梦中身。虽抱文章，开口谁亲？且陶陶乐尽天真。几时归去，作个闲人？对一张琴，一壶酒，一溪云。

——苏轼《行香子·述怀》

五月十三日，晴

晨九时，偕凤君发北火车站，附十时半沪苏区间车行。车中挤甚，不得座，值吴中蒔花同志徐觉伯丈，畅话甚欢；丈年甫五十有七，而长髯如雪，面目绝肖当年清代名宦孙宝琦也。抵南翔站，有下车者，始得一座，与凤君共之。抵苏已午后一时半，就餐市楼讫，诣荣芳园，见盆树固多，而鲜有当意者。出，略购饼饵，步行返故居紫兰小筑，旧宇已毁，兴建无力，堂构重新，不知何日？曩之紫罗兰盦故址，今已夷为种菜种豆之地，言念昔尘，只益今怅！园中浓荫羃画，蔚为一片绿天，人行其间，衣袂为之俱绿。野草经久不芟，长可没膝；野树亦怒生，与人争道；藤萝缘树缘墙而登，柔条袅风中，若欲撩人小住者。鱼乐国前所陈盆梅，因今春厄于气候之寒燠不时，而人力亦复未至，致有逢春不发，或发而复萎者，第见二十余枯干，一一作骨立，如履古战场，触目惊心！温室前盆树百余本，则多欣欣向荣，差堪自慰，惟用以纪念亡儿榕之悬崖形石附老榕一本，亦竟蕉萃以死，徘徊凭吊，不期为之陨泪！天竹古木四本俱花，各二三枝三四枝不等；鸟不宿二本均结实累累，入冬殷红若珊瑚珠，大可一餍馋眼也。杜鹃花时已过，而琉球红一本，含苞初坼，红如火齐，致可爱玩。紫兰台上本遍植紫罗兰，因去夏旱魃为患，花根多为烈日所杀，兹仅存十之一二，他日容再补种，俾复旧观。梅丘上梅竹松柏及凌霄、紫藤之属均怒发，绿阴四幂，石态几不可见，仅主峰仍岸然向人，作傲兀态而已。丘下荷池中，新荷出水，有亭亭玉立之致，游鱼出没其间，时闻唼喋声，此盖八一三事变中历劫余生之金鱼也。百花坡上之"亭亭"已圮，仅余残骸，白香水作花其上，亦柔弱可怜。百花多已凋谢，惟绣球尚余残朵，犹恋枝不去，坡畔锦带花一树，则著花特盛，红白烂然，不愧锦带之称。白梅十余株结实甚繁，悬想梅子黄时，当有可观也。园丁张锦綦老母豕一，胡羊绵羊五，犬一，鹅一，鸡鸭十余，宛然一雏型动物院。是日母豕适产子，得十有九头，讵此畜冥顽不灵，竟压毙其九，殊可惋惜！夜宿梅屋中，星月甚明。

十四日，晴

园中多大树，乌春、白头翁等巢其间，昧爽即弄吭作歌，予为所醒，六时即起。盥洗已，巡行园中。向例予每归必于梅屋中供瓶花盆树，借资观赏，兹与凤君偕来，尤非此不可。因撷月月红、白十姊妹、红十姊妹、白香水花等，分插陶罉及瓷瓶中，供诸床次小几。别以六月雪及榆树二盆分陈镜台之上。又金银藤一本方发花，清芬四溢，则位以圆凳，置之座右。虽屋小如舟，仅堪容膝，亦弥觉其楚楚有致矣。十时许，旧雨赵国桢兄之夫人偕郭女士来，女士家于东美巷，有园林之胜，谓其家明日有大集会，欲借盆树以资点缀，情不可却，爰以榆、枫、雀梅等六盆与之，中以榆为最，老干作悬崖形，叶小而密，垂垂凡六七叠，吾家盆树中俊物之一也。午餐肴核绝美，悉出凤君手，一为腊肉炖鲜肉，一为竹笋片炒鸡蛋，一为肉馅鲫鱼，一为竹笋丁炒蚕豆，一为酱麻油拌竹笋。蚕豆为张锦所种，而笋则剧之竹圃中者，厥味鲜美，非沪壖可得，此行与凤君偕，则食事济矣。午后入梅屋，倚床作小休，床次瓶花姹娅，花气袭人，不觉沉沉入睡，越一小时始醒，作书寄铮儿，问老母安否，兼及家事花事。凤君出箱箧中衣被窗帘地毯等曝之日中，因扃闭经年，间有发霉者。傍晚天色骤变，亟助以收拾；未几，大风挟雷雨俱至，竹梢萧萧作响，如怒涛然，昔人听松涛，而予则恣听竹涛矣。八时晚餐，与张锦夫妇小谈，九时即就寝，两脚犹髟髟未已也。

十五日，阴晴不定

昨夜夜半雨甚，为雨声所醒，遂不复成眠，转侧达旦，黎明即起床，漫步百花坡畔，观盆树，而天仍阴霾，鸠呼不已。晨餐后，令张锦将红绿老梅各一本，自盆中移植于此，二梅新芽已抽，而荏弱逾恒，此后稍得地气，窃冀其能转弱为强也。十时许，老画师邹荆庵丈来访，初讶其何由知予返苏，旋乃恍然，盖闻之荣芳园主人者。丈所居在马医科，距吾居匪迩，兹乃劳其远道过我，可感也！丈高年七十有一，腰脚绝健。日常除作画外，兼好莳花，月季、杜鹃及山茶，均所笃爱，年来在苏在沪，时相过从，遂成忘年交。寒暄已，亟延之入梅屋，相与谈人事，谈花事，历二小时，始兴辞去，临行坚约愚夫妇明午餐叙于沙利文，固辞不获，因承诺焉。午后本拟出游，而恋恋园中盆树，遂杜门不出，持利剪，分别删其徒枝，整其姿致。盆面多野草，则一一抉而去之。栗六可一小时许，我倦欲眠，因入梅屋假寐，不知历几许时而醒。独坐无所事，则就故纸堆中检旧书读之，得民国二十四年一月份之《东方杂志》第三十一卷第一号一巨帙，此为创刊三十年纪念号，图文都百余种，蔚为大观，中有特辑"个人计划"，作者计七十二人，马寅初、顾颉刚、吴经熊、茅盾、老舍、丰子恺诸先生咸与焉。先期亦尝征文于予，予以百余字应之，兹列为第二十九篇，其文云："不幸而生于这率兽食人的时代，更不幸而生于这万方多难的中国，社会上狗苟蝇营，视为常事，巧取豪夺，相习成风；像我这样的好好先生，早就没有了立足之地，任你有多好多大的计划，也到处碰壁，终于不能实行。所以我对于今年并没有什么计划，差可称为计划者，则计划如何可以解决最低限度的生活问题，以便终老于岩壑之间，种种树，读读书，不与一般虚伪势利为鬼为蜮的人群相接触，相周旋，草草地结束了这没意味的人生，也就完了。"予平昔不谂何故，易发牢骚，而以此文为尤甚，良非所易，至种树读书，终老岩壑，则为吾生平唯一宏愿，始终不变，但愿其终有实现之一日耳。继读其他文字三数篇，渐觉腹馁，出稻香村之玫瑰枣泥饼及杏仁酥蛋饼啖之，佐以所携三星厂之鹅牌咖啡，冲饮良便，味亦不恶。夜复雨，听丛竹中雨声渐沥，心腑为清。读英译法兰西大文豪都德氏（A. Daudet）《巴黎三十年》"Thirty Years of Paris"一章，此书述其三十年间之文学生活，滋有意味。氏著作等身，为当年法国文坛祭酒；予尤爱其短篇小说《最后一课》

及《柏林之围》，吾人年来所遭，正复类此，可慨也！十时就寝。

 十六日，阴

　　晨风甚劲，气候突转寒。予御夹衣两重，并羊毛半臂及哔叽单长衫，犹凛然无温意，夏行冬令，实为异数。是日因须赴邹荆丈沙利文午餐之约，九时许与凤君枵腹出，同莅观前观振兴进点，豚蹄面一，十景面一，又烧卖十枚，直十五羊，可抵五六年前之鱼翅盛宴一席。凤君向日持躬甚俭，为之舌挢不下。果腹后，入玄妙观，诣苏州花圃观花，市花荻一，枸杞一，红石榴一，获根粗如小儿臂，殊不多觐。圃主惠林，亦旧识也。《紫罗兰》第二期已见于市上，书店书摊中，在在皆是，封面画之碧桃紫兰，灿然动目，予于此际，色然而喜，雅有他乡遇故知之感。已而赴护龙街吉由巷口赴国桢兄家，作长谈，君向业文玩，予旧藏多经其手，年来专营红木家具，获利綦丰，非复吴下阿蒙矣。亭午，遂至马医科邹荆丈

家，庭园中月季方娟娟作花，盆树数本均精妙，盖能以少许胜者。凤君晋谒邹老夫人，互话家常，意至惬洽。旋随荆丈同诣观前沙利文进西餐，肴核丰美，为之大快朵颐。餐罢，凤君先归，予则与荆丈同往神仙庙观花市。盖明日为农历四月十四日，俗传为吕纯阳诞辰，邑人纷往随喜，前后历三日，俗谓之轧神仙；而业花树者亦纷纷设摊待沽，鳞次栉比，宛然一非正式之花树展览会也。予等巡视一过，苦无佳品可得，思昔抚今，为之慨然！值老画师陈迦庵丈，相将入春和楼啜茗，把盏共话；晤荣芳园主人朱寿，聆其谈种花经验，颇多可取。时女弹词家范雪君方在内厅说书，御火黄色薄呢顾衫，顾盼生姿，抱琵琶唱开篇，如黄莺儿啭花外，绵蛮可听。俄而画师范子明兄来，邀赴其家，荆丈亦偕往，安步当车，径至祥府寺巷。屋宇颇宏敞，惜无园圃，所培盆树均列前庭，有真柏二本，苍翠可喜，而以玛瑙石榴一本为甲观，干身奇古，花犹含苞未放也。茗谈移时，始别去；归家已近八时矣。晚餐毕，检得旧刊林译《茶花女遗事》及《迦茵小传》合订本，读茶花女致亚猛一书及迦茵致亨利一书，悱恻缠绵，情深一往，予本工愁，不期为唤奈何，如桓子野听歌时矣。作日记二页，以十时就寝。是日奔波竟日，初不觉惫，颇以贱躯顽健为慰。就枕后，雨声又作，殊恼人也。

十七日，初阴沉，有雨意，后忽放晴

晨餐后，督张锦掘园中野树，用以代薪。后趋东隅榕圃中一视，见斑竹多枝，杂生红白二石榴树间，亟令锄而去之。此间本一深池，水深丈许，自吾榕儿堕水死后，即担土填塞，改为浅池，种睡莲其中，著花绝美，一仙童抱鹅喷水之像，植立池心，四周有高柳，缭以矮篱，名之曰榕圃，用以纪念此刻骨伤心之地。池背所植斑竹，阑以湖石，初仅五六枝，盖移自虞山者，今已蔚然林立矣。嗟夫榕儿！月白风清之夜，魂兮归来，睹兹竹上斑斑者，不将疑为而父而母之血泪痕邪？亭午得铮儿书，絮絮述三日来家事园事，并以多购小型花木为请，俾作香雪园中盆景资料。午后走访徐觉伯丈，丈居西百花巷，而其家亦有百花，且多精品，所蓄古梅，均矫健如故，可羡也。其客室中骨董两橱，分陈四格，一陈纯白瓷皿，一陈青花瓷皿，一陈陶制茗壶，一陈小灵璧小英石等，每类各十余事，井然有序。四壁间张倪墨耕、张大千等所作仕女立幅，亦精妙。丈与予有同好，凡所陈设，各有系统，殊以杂然并陈纷乱无次为病焉。茗谈有间，即同赴神仙庙花市。是日邑中士女空巷来游，履舄交错，尤较昨日为盛，可知轧神仙之旧俗，不易破也。予以觉丈之助，购得柽柳、石榴、紫薇、野梅等若干本，令张锦担以归去。游兴既阑，同访邹荆庵丈于马医科，荆丈出一便面见示，书画悉出其手，精湛绝伦，所绘《天中五瑞》，笔触颇肖王忘庵，谛视上款，则赫然贻吾铮儿者，老人情重，泽及孺子，因再拜受之；小憩移时，始兴辞而归。夜读英国名作家琼士冬女士（M. Johnston）所作《邬德兰》"Audrey"说部，词旨华赡，不啻一长篇散文诗也。毕二章，渐有倦意，遂就寝；而竹圃中淅沥有声，则天又雨矣。此两夜均有雨，似较日雨为韵，惜未由倩吴娘为我一唱《暮雨潇潇》之曲耳。

十八日，晴

　　晨起观一昨所市花木，夜来沐雨露，咸奕奕有神；其他盆树，亦浓翠欲滴，因顾而乐之。张锦八岁子志高，探白头翁巢于十姊妹花丛中，得二小卵，白地紫点，玲珑可爱，令仍返之巢中，谓毋贻母鸟忧也。是日因赵国桢兄馈母油鸭及冷十景，张锦亦欲杀鸡为黍以饷予，自觉享受过当，爰邀荆、觉二丈共之。匆遽间命张锦洒扫荷池畔一弓地，设席于冬青树下。红杜鹃方怒放，因移置座右石桌上，而伴以花荻、菖蒲两小盆，复撷锦带花数枝作瓶供，借供二丈欣赏，以博一粲。部署甫毕，二丈先后至，倾谈甚欢。凤君入厨下，为具食事，并鸡鸭等得七八器，过午始就食，佐以家酿木樨之酒。予尽酒一杯，饭二器，因二丈健谈，逸情云上，故予之饮啖亦健。餐已，进荆丈所贻明前，甘芳沁脾，昔人谓佳茗如佳人，信哉！寻导观温室前所陈盆树百余本，二丈倍加激赏，谓为此中甲观，外间不易得。惟见鱼乐国前盆梅

凋零，则相与扼腕叹息，幸尚存三十余本，窃冀其终得
无恙耳。四时许，偕二丈走访旧雨朱犀园兄于苏公弄袖
园；兄工丹青，复工盆栽，所蓄十余本，虽已不如当年
之夥颐，而抉择绝精，中以枯干石榴及悬崖小冬青为最。
画室中陈设古雅，壁间有伊秉绶行书及郑板桥画兰，题
跋累累，并为精品。茗谈有顷，始兴辞出。觉丈导往干
将坊故艺梅专家胡焕章氏旧宅，观其所遗白果眼大石笋，
矮而特粗，惜偃卧于地，无足观赏，因废然出。觉丈以
事引去，予则随荆丈重诣荣芳园，选购黄杨、冬青等十
余本，中有作悬崖形者各一本，姿致绝胜。问有白香水
花否？曰本有三五株，去冬已为风雪所杀矣。会虞山园
艺家张启贤先生至，语我以前此事变中所蓄花木遭劫状，
为呼负负不置。盘桓花间可一时许，而日之夕矣，因与
荆丈分道归。又得铮儿书，告予以《紫罗兰》第三期发
稿及排印等事，兼道别来相念之殷，孺子能念其亲，可
嘉也。是夕为月圆三五之夕，独立梅丘上，看月久之，
迟迟不即眠，盖不欲孤负好月色耳。

十九日，晴

　　昨夜有佳月，梅屋踞梅丘高处，受月最多，一窗一阒，悉沉浸银海中，不灯而明，爱月眠迟，堪为我咏。比夜半梦回，见四壁澄澈，疑已破晓，顾万籁寂然，宿鸟无声，始知明明者月，于是纳头复眠，而眠乃弗熟，斯须即起，起则立趋园中漫步。会有浓雾，蒙蒙四合，花木都隐雾中，阅炊时许始收，而红日杲杲，已揭云幕而出。盥洗既，见送春老梅为小红虫所困，黏枝条俱满，即一一捉之，双手为赤，历两小时始已。旋作书覆铮儿，告以离苏之期，躬往观前邮局以快邮寄沪。一昨荆丈预约愚夫妇午餐于其家，却之不得，遂往。惟凤君则以疲困辞，盖连日整理衣物，甚矣其惫也。是日佳肴纷陈，咸出邹老夫人手，一豚蹄入口而化，腴美不可方物，他如莼羹鲈脍，昔张季鹰尝食之而思乡，予于饱啖之余，亦油然动归思矣。长谈亘三小时，始称谢而出。赴瑶林园物色盆树，苦无所获，仅见小波萝一事，可作水盘清

附录　　　　　　　　　　　　　　139

供，因市之以归。归途折往护龙街兴古斋，晤主人华仲琪君，得六角形小瓷盆二，海棠形小瓷盆一，均同治年间物，无足奇，而彩绘松菊，尚遒逸可喜。又豆青瓷五福杯一，以五蝙蝠凑合而成，黑白瓷双欢图一，作双獾交欢状，均乾嘉年间物，足供爱玩，以相知有素，索值殊廉，即怀之归。归后腹微馁，进乐口福麦乳精一杯，佐以叶受和之葱酥饼及枣泥芝麻饼，食之而甘；巡行园中半小时，暮色已苍然四合，恨不能以长绳系白日，弥觉光阴之易逝也。晚餐后，就灯下读旧藏扶桑《盆栽》月刊数册，予不解彼邦文字，但观盆栽摄影，用资借镜而已。草日记讫，复看月移时，始就寝；而月姊多情，犹窥我于梅花窗外也。

二十日，晴

晨兴天甫破晓，鸟声如沸，复为悬崖古梅捉小红虫，历一小时，而十指已赤如染血矣。晨餐以油炸桧泡虾子酱油汤，并腊肉夹蟹壳黄食之，厥味绝隽，不数西土芦笋汤三明治也。十时许，朱犀园兄来访，语及年来在沪不如意事常八九，间有与予类似者。惟吾二人天伦之乐及莳花之兴，亦正相同，因又引以互慰。旋观予所蓄盆树，意兴飙举，谓为大足过瘾。兄为此道圣手，平章花木，自多阅历有得之言。予因语兄：他日重返故乡，当招邀当年艺花同志，重结含英社也。兄称善，又纵谈久之，始别去。午后三时，与凤君偕出，诣元妙观大芳斋进锅贴，以笋末拌肉馅，风味不恶，殊不在聚兴斋下。过护龙街，历观米舫、集宝斋、修竹庐等骨董，予志在莳花之盆盎，苦无惬心贵当者。凤君径往赵国桢兄处，予则折入吉由巷访陈迦庵丈，丈方染翰作便面，含英社旧同志丁慎旃丈亦在座，相与参观迦丈所蓄盆树，精品既夥，培养亦有方，成绩自多可观：一悬崖野茉莉，花叶繁茂，清芬袭人，其他黑松、五叶松等，亦葱翠可爱。丈复爱石如米颠，颜所居曰石墅，曰松化石室，所藏旧坑灵璧、英石、昆石、松化石等十余事，均非凡品，中一石不能举其名，上有陈其年、朱竹垞题款，尤可宝。迦丈复出示陶制茗壶数事，其一较小而古朴，为名手杨彭年氏手捏而成，底刻石梅一章，丈疑为陈曼生别署，或可信也。倾谈一时许，始辞出，往逆凤君于巷口赵宅，由赵夫人为导，同赴东美巷郭女士晚宴。既至，女士欣然出迓，导观园囿。园广五亩，中多嘉树，而以白皮松一本为冠，苍鬣虬枝，殆百余年外物矣。盆栽如紫藤、紫薇、罗汉松等，多巨型，率为亡友刘公鲁兄家故物。老干盆梅数本，则出故胡焕章氏手，已属硕果仅存，爰谆嘱园丁万祥善视之。后园青石为山，满绣苔藓，亦苍古入画，小队登临，胸襟为豁。八时入席，肴核出名庖手，水陆毕陈，朵颐之快，以此夕为最。同席有薛慧子、张指逵伉俪等，二君为予旧识，尊前话旧，不胜今昔之感。于花木事亦有同好，因纵谈种植，兼及盆盎，亹亹无倦意。及十时半，始谢主人郭女士，与张君同道踏月而归，凤君亦健步，谢车弗御，初不觉惫，盖月色佳也。草日记讫，就寝已近午夜矣。

二十一日，晴

　　昨夜有好梦，梦与伊人同饮于市楼，红灯绿酒，与人面相映有致。渠作盛妆，奉老母挈儿女俱来，盼睐有情，便娟犹昔。酒半酣，忽侃侃述吾二人三十年来相恋之史，有可歌可泣者，其儿女咸大感动，为之陨泪，老母亦凄然，不能置一辞。予方欲有言，讵已遽然而觉。力图重寻此梦，竟不可得，悒悒弗能自已！忆往岁尝有《海棠春词》咏寻梦云："落花如梦和愁度。算只有梦乡堪住。春梦不嫌多，况与伊同处。　谁知好梦无凭据，把梦境从头温去。梦也忒难寻，迷了原来路。"今兹怅惘之情，正与此类。凤君见予有不豫色，问所苦，举实以告，凤君笑予痴，谓君连日卧起紫兰台畔，为紫罗兰所感应，故有此梦耳。予以为然。顾迢递万里，音问久疏，得此一梦，亦可少慰相思矣。是日风甚劲，掠群树萧骚有声，巡行园中一周，即为十余盆梅除虫患，伫立亘四小时，腰酸欲折，头目为眩，而虫得肃清。予之所以如许子之不惮烦者，虽曰爱花心切，亦以梅为国花，为国魂所寄，自当悉力护兹国魂，毋为幺魔小丑所贼耳。爰又谆谆告张锦，务以全力善视此三十余本劫余之盆梅，以俟吾归。张锦唯唯，一若奉命唯谨者。此子秉性尚笃厚，惜溺于赌，室人交谪，充耳若罔闻，于是予所寄托身心之花木，亦因疏于顾复，每多损折，滋可恨也！予因明晨即须赴沪，午后遂趋邹荆丈处道别，会其令甥席女士等自洞庭东山来，共话山中事，力称其山水之胜，时果之美，满山皆枇杷，已垂垂黄矣。予曩尝至西山买老梅，顾未及东山，至今引为遗憾，他日举家归苏，首当蜡屐往游，更向消夏湾头，凭吊吴王西子遗迹也。邹老夫人手制虾仁拌面见饷，别饶风味，果腹后与荆丈偕出，诣百货公司预购明日车票，立谈有间，始互道珍重而别。旋赴景德路烟卷肆中购白金龙限价烟，不须排队，竟得八合之多，在沪不易得，而竟得之于此，亦异数也。维时为时尚早，不欲遽归，因又过兴古斋小坐，主人知予爱宜兴砂盆，因以旧藏松亭所制黑砂盆九事见让，虽非古物，而亦古雅可喜，又其他粗紫砂盆二事，钧釉方盆一对，亦尚可用，于是欣然呼车，满载而归。日长，天犹未暝，检理旧箧偶见宝带桥摄影一帧，为之神往。予于儿时即尝过此，故印象至深，者番归来，恨未能买棹往游，一数五十三环洞为乐也。因戏作宝带桥词，得五绝句："鸳衾独拥春宵冷，昨夜郎归喜不禁。宝带桥边郎且住，欲求宝带束郎心。""春水葑门泊画桡，鸳衾春暖度春宵。郎情妾意谁堪比？不断连环宝带桥。""茜裙白袷双携好，促坐喁喁笑语温。宝带桥头春似海，闹红一舸过葑门。""宝带桥边柳似金，兰桡欸乃出桥阴。卧波五十三环洞，那及侬家宛转心。""卧波五十三环洞，烟雨迷离数不清。恰似郎心难捉摸，情深情浅未分明。"夜访对邻黄征夫先生，作小谈，壁间张岳武穆真迹拓本横幅，大书"还我河山"四字，有龙翔凤舞之致，睹之神往；又黄先生自书岳武穆《满江红》词及明代张苍水氏绝命书，亦遒逸不凡。九时许，始辞归，助凤君整理行装讫，旋即就寝，为时乃较前数日为早，盖予已决于明晨晓风残月中行矣。

　　跋：返苏以还，忽忽已历九日，目不睹报章，耳不闻时事，足不涉名利之场，似与尘世相隔绝。所居在万绿中，看花笑，听鸟歌，日夕与自然界接；所过从者多雅人墨客，或园丁花奴；所语均关花木事，不及其他。此九日为时虽暂，固宛然一无怀氏、葛天氏之民也。嗟夫！吾安得抽身人海，物外逍遥，长为无怀氏、葛天氏之民耶？

（选自 1943 年 7 月 10 日上海《紫罗兰》月刊第四期）

关于《周瘦鹃自编精品集》

1953年3月由上海出版公司出版的周作人著《鲁迅的故家》里，有一篇《周瘦鹃》的文章，文章不长，全文如下：

关于鲁迅与周瘦鹃的事情，以前曾经有人在报上说及。因为周君所译的《欧美小说译丛》三册，由出版书店送往教育部审定登记，批复甚为赞许，其时鲁迅在社会教育司任科长，这事就是他所办的。批语当初见过，已记不清了，大意对于周君采译英美以外的大陆作家的小说一点最为称赏，只是可惜不多，那时大概是民国六年夏天，《域外小说集》早已失败，不意在此书中看出类似的倾向，当不胜有空谷足音之感吧。鲁迅原来很希望他继续译下去，给新文学增加些力量，不知怎的后来周君不再见有著作出来了，直至文学研究会接编了《小说月报》，翻译欧陆特别是弱小民族作品的风气这才大兴，有许多重要的名著都介绍来到中国，但这已在五六年之后了。鲁迅自己译了很不少，如《小约翰》与《死魂灵》都很费气力，但有两三种作品，为他所最珍重，多年说要想翻译的，如芬兰乞食诗人丕威林太的短篇集，匈牙利革命诗人裴彖飞的唯一小说名叫"绞吏之绳"的，都是德国"勒克兰姆"丛刊本，终于未曾译出，也可以说是他未完的心愿吧（在《域外小说集》后面预告中似登有目录，哪一位有那两册初印本的可以一查）。这两种文学都不是欧语统系，实在太难了，中国如有人想读那些书的，也只好利用德文，英美对于弱小民族的文学不大注意，译本殆不可得。

在这篇文章里，周作人很明白地说明了当年周瘦鹃出版《欧美名家短篇小说丛刊》时，鲁迅对这部作品的看重，用"空谷足音"来赞美。不久后，周作人在另一篇文章《鲁迅与清末文坛》里再次提到这个事，说到鲁迅对清末民初上海文坛的印象："不重视乃是事实，虽然个别也有例外，有如周瘦鹃，便相当尊重，因为所译的《欧美小说丛刊》三册中，有一册是专收英美法以外各国的作品的。这书在 1917 年出版，由中华书局送呈教育部审查注册，发到鲁迅手里去审查，他看了大为惊异。"鲁迅还把书稿"带回会馆来，同我会拟了一条称赞的评语，用部的名义发表了出去。据范烟桥的《中国小说史》中所记，那一册中计收俄国四篇，德国二篇，意大利、荷兰、西班牙、瑞士、丹麦、瑞典、匈牙利、塞尔维亚、芬兰各一篇，这在当时的确是不容易的事了"。周作人在文章里所说的《欧美小说译丛》和《欧美小说丛刊》，就是周瘦鹃那本《欧美名家短篇小说丛刊》的简称。周瘦鹃的这部翻译作品，能受到鲁迅的赞誉，固然和鲁迅、周作人早年翻译的小说不成功有关系，主要的还是鲁迅有一颗公平公正、重视人才的心。确实，勤奋的周瘦鹃，在他二十多岁年纪就取得如此大的成就，配得上鲁迅的称赞。后来，他又把多年翻译的作品，经过整理，于1947年出版了《世界名家短篇小说全集》（全四册）。

　　周瘦鹃的写作，一出手就确定了他的创作方向，即适合市民大众阶层阅读的通俗文学。他发表的第一篇作品《落花怨》（1911年6月11日出版的《妇女时报》创刊号），就带有浓郁的市井小说的味儿，而同年在著名的《小说月报》上连载的八幕话剧《爱之花》，同样走的是通俗文学的路子，迎合了早期上海市民大众的阅读"口感"，同时也形成了他一生的创作风格。继《爱之花》之后，他的创作成了"井喷"之势，创作、翻译同时并举，许多大小报刊上都有他的作品发表，一时成为上海市民文化阶层的"闻人"，受到几代读者的欢迎。纵观他的小说创作，著名学者范伯群先生给其大致分为"社会讽喻""爱国图强""言情婚姻"和"家庭伦理"四大类。"社会讽喻"类的代表作有《最后之铜元》《血》《十年守寡》《挑夫之肩》《对邻的小楼》《照相馆前的疯人》《烛影摇红》等，"爱国图强"类的代表作有《落花怨》《行再相见》《为国牺牲》《亡国奴家里的燕子》等，"言情婚姻"类的代表作有《真假爱情》《恨不相逢未嫁时》《此恨绵绵无绝期》《千钧一发》《良心》《留声机片》《喜相逢》《两度火车中》《旧恨》《柳色黄》《辛先生的心》等，"家庭伦理"类的代表作有《噫之尾声》《珠珠日记》《试探》《九华帐里》《先父的遗像》《大水中》等。他的这些成就的取得，不仅在大众读者的心目中影响深远，也受到了鲁迅等人的肯定。1936年10月，鲁迅等人号召成立文艺界抗日民族统一战线，周瘦鹃作为通俗文学的代表，也被鲁迅列名参加。周瘦鹃在《一瓣心香拜鲁迅》中还深情地说："抗日战争初起时，鲁迅先生等发起文化工作者联合战线，共御外侮，曾派人来要我签名参加，听说人选极严，而居然垂青于我。鲁迅先生对我的看法的确很好，怎的不使我深深地感激呢？"翻译和创作通俗小说而外，周瘦鹃还创作了大量的散文小品。他的散文小品题材广泛，行文驳杂，有花草树木、园艺盆景、编辑手记、序跋题识、艺界交谊、影评戏评、时评杂感、书信日记等，涉及社会生活的多个方面。此外，周瘦鹃还是一位成就卓著的编辑出版家，前半生参与多家报刊的创刊和编辑工作，著名的有《礼拜六》《紫罗兰》《半月》《紫兰花片》《乐园日报》《良友》《自由谈》《春秋》《上海画报》《紫葡萄画报》等，有的是主编，有的是主持，有的是编辑，有的是特约撰述。据统计，在1925年到1926年的某一段时间内，他同时担任五种杂志的主编，成了名副其实的名编。另外，他还写作了大量的古典诗词，著名的有《记得词》一百首、《无题》前八首和《无题》后八首等。

周瘦鹃一生从事文艺活动，集创、编、译于一身。在创作方面，又以散文成就最大，其中的"花木小品""山水游记""民俗掌故"被范伯群称为"三绝"（见范伯群著《周瘦鹃论》）。而"三绝"之中，尤其对"花木小品"更是情有独钟，不仅写了大量的随笔小品，还成为闻名天下的盆景制作的实践者。据他在文章中透露，早在20世纪20年代末期，他就在苏州王长河头买了一户人家的旧宅，扩展成了一个小型私家园林。从此苏州、上海两地，都成了他的活动基地，在上海编报刊、搞创作，在苏州制作盆栽、盆景。而早年在上海选购花木盆栽的有关书籍时，还曾巧遇过鲁迅。在《悼念鲁迅先生》一文中，他透露说："记得三十余年前的某一个春天，一抹斜阳黄澄澄地照着上海虹口施高塔路（即今之山阴路）口一家日本小书店，照在书店后半间一张矮矮的小圆桌上，照见桌旁藤靠椅上坐着一位须眉漆黑的中年人，他那瘦削的长方脸上，满带着一种刚毅而沉着的神情。他的近旁坐着一个日本人，堆着满面的笑正在说话。这书店是当时颇颇有名的内山书店，那日本人就是店主内山完造，而那位中年人呢，我一瞧就知道正是我所仰慕已久的鲁迅先生。"买有关盆栽的书而邂逅鲁迅先生，周瘦鹃自称是"三生有幸"，而此时，他还不知道鲁迅曾经大加赞赏过他的《欧美名家短篇小说丛刊》。鲁迅也偶尔玩过盆景的，他在散文集《朝花夕拾·小引》里，有这样一段话："广州的天气热得真早，夕阳从西窗射入，逼得人只能勉强穿一件单衣。书桌上的一盆'水横枝'，是我先前没有见过的：就是一段树，只要浸在水中，枝叶便青葱得可爱。看看绿叶，编编旧稿，总算也在做一点事。"这个"水横枝"，`就是盆栽，清供之一种，如果当时周瘦鹃能够和鲁迅相认，或许也会讨论一下盆栽制作也未可知啊。

1949年以后，周瘦鹃定居苏州，并自称苏州人，把全部的精力都投入到盆栽、盆景的制作中去，在《花花草草·前记》中，他写道："我是一个特别爱好花草的人，一天二十四小时，除了睡眠七八小时和出席各种会议或动笔写写文章以外，大半的时间，都为了花草而忙着。古诗人曾有'一年无事为花忙'之句，而我却即使有事，也依然要设法分出时间来，为花而忙的。"在忙花忙草忙盆景的同时，他的作品也越写越多，大部分都是和花草树木有关的小品散文，这方面的文章，也是他一生创作的重要部分。1955年6月，他在通俗文艺出版社出版了一本《花前琐记》，首印10000册，共收以种花植树盆栽为主的小品随笔37篇。1956年9月，在上海文化出版社出版了《花花草草》，收文35篇，首印20000册。1956年12月，又在江苏人民出版社出版了《花前续记》，收文38篇。1958年1月，在江苏人民出版社出版了《花前新记》，收文40篇，附录1篇，首印6000册。1962年11月，在江苏人民出版社出版了《行云集》，收文19篇，附录1篇，1985年1月第二次印刷时又加印4000册。1964年3月，香港上海书局出版了《花弄影集》，1977年7月再版。1995年5月，是周瘦鹃诞辰一百周年，新华出版社出版了周瘦鹃的小女儿周全整理的《姑苏书简》，收文59篇，首印3000册。该书收录周瘦鹃1962年至1966年在香港《文汇报》开辟的《姑苏书简》专栏发表的文章，书名由著名民主人士雷洁琼题写，邓伟志、贾植芳分别作了序言，周全女士的文章《我的父亲》一文附在书末。

周瘦鹃一生钟情"紫罗兰"（周吟萍），他们的恋情要从周瘦鹃在民立中学任教时说起：在一次到务本女校观看演出时，周瘦鹃对参与演出的少女周吟萍产生了爱慕之情，在书信往还中，开始热恋。但周吟萍出身大户人家，其父母坚决反对他们的恋爱，加上女方自幼定有婚约，使他们有情人无法成为眷属。周瘦鹃苦苦相恋，使他"一生低首紫罗兰"，并为其写了无数诗词文章，《紫罗兰》《紫兰花片》等杂志、小品集《紫兰芽》《紫兰小谱》和苏州园居"紫兰小筑"、书室"紫罗兰盦"、园中叠石"紫兰台"等，都是这场苦恋的产物。《爱的供状》和《记得词》一百首，更是这场恋情的心血之作。这套 8 本的《周瘦鹃自编精品集》，依据的就是上述各书的版本。另外，《姑苏书简》和《爱的供状》虽然不是作者生前"自编"，但也出自作者的创作，为统一格式，也权当"自编"论，这是需要向读者说明的。

陈　武

2018 年 5 月 18 日于燕郊